KB054520

그때 너는

가장 가깝거나 가장 먼 사이 엄마와 딸

그때 너는

글·그림 박명주

엄마와 딸… 그 특별한 관계.《그때 너는》의 박명주 작가는 딸 지우와 함께하던 '그때 너'와의 특별한 기억들을 글과 그림으로 하나씩 풀어 놓는다.《그때 너는》을 읽다 보면 내가 우리 딸들과 함께 했던 그 날의 기억들이 여기저기서 소환된다. 그래. 그때 너도 그랬지.

큰딸과의 첫 만남은 지금 생각해도 그 어색함이 생생하다. 여자도 꼭 일을 가져야 한다는 내 어머니의 꿈 덕분에 미래를 위해 한 발짝 한 발짝 걸어 나가는 중에 우리에게 온 아가. 아이가 배 속에 있을 때 조금이라도 일을 더 해야 한다는 생각에 소위 태교를 게을리 한 탓이었을까? 큰딸이 태어났을 때 나는 아이를 어떻게 대해야 하나 무척 난처한 기분이었다. '처음 뵙겠습니다. 엄마입니다. 잘 부탁합니다'라는 극존칭 인사말만 머릿속에서 맴돌았다. 아기를 안고 애기 소리로 아기와 소통하는 외할머니와 남편이 신기할 따름이었다. 누가 그랬나, 모성애는 타고나는 거라고. 그렇게 아무것도 모르고 엄마가 된 나는 아이를 키우며 부모와 자식 간의 관계는 사실 아이들이 주도하는 것이라는 점에 여러 번 놀랐다. 직장 일에 쫓기는 엄마를 기어코 텔레비전 앞에 앉히고 100번도 더 같이 본 자신의 최애 영화를 또 같이 보게 만드는 그 에너지에 엄마는 울고 싶기도 했지만, 당시에도 '그때 너'의 그 주도적인 관계 맺기가 고마웠던 기억이 있다.

　박명주 작가의 〈그때 너는〉은 나에게 인생을 가르쳐 주었던 '그때 너'와의 추억들을 생생하게 불러오고, 그 순간들을 '지금 너'에게 얘기해주고 싶게 한다. 그래서 고맙다. 문득 지우는 참 좋겠다 싶다. 엄마가 그 순간을 이렇게 이쁘게 그려주고 써줄 수 있어서. 딸들에게《그때 너는》을 선물해주면 "그때 나는 어땠어?"라고 혹시 물어봐 주려나?《그때 너는》을 친구들에게 그리고 딸들에게 추천하고 싶은 이유다.

세 딸을 키운 엄마,
중앙대학교 경영대 교수 김효선

차례

prologue

2000. 3. 19 그때 너는

지우를 태우고
길을 떠난다

엄마아, 달이야…….

그래~ 달이네….

달~ 달~ 무슨 달~
쟁반같이 둥근 달~

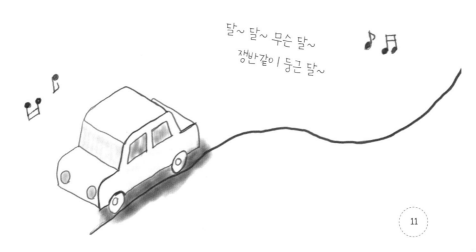

한참을 가다가 다시 만나는 달….

엄마 나 달 먹을래..

14

결혼을 하고 새로운 삶에 적응하고 싶어서 출산을 미루었다. 계획했던 1년이 지나고 다시 시간이 흐르면서 나는 점점 아이를 낳는 일이 망설여지고 두려워졌다. 그렇게 5년이 흐른 후 아이를 낳고 나서 알았다.

출산이 결혼보다 훨씬 더 큰 삶의 지각변동이며 생활의 결을 통째로 변화시키는 변곡점임을.

엄마와 딸 1

　세상의 온갖 사랑스러운 것들에 대해 참지 못하고 바로 탄성을 발해버리는 나. 그래서 감탄이 헤픈 나. 여기, 세상에 발 디딘지 서른 두 달이 된 한 여아가 있다. 어린이집으로 향하는 아침, 맑은 햇살이 세상에 가득 찼다. 아이는 참지 못하고 말한다.

　"엄마아, 날이 차암 조아."

　일을 마치고 들어와 자지 않는 아이를 만나 얼굴을 꼭 대고 있으면 아이는 즐거워 견딜 수 없는 표정을 감추지 못한다.

　"엄마아, 나아, 엄마가 너무 조아"

　아이와 손을 잡고 걷다가 아이가 어렸을 적 자주 불러주었던 노래 '클레멘타인'이 무의식중에 흘러나온다.

　"엄마아, 나아, 이 노래 차암 조아."

　김민기의 '백구'가 이지윤 어린이의 목소리로 흘러나올 때면,

　"엄마아, 이거어, 내 노래야."

1화

미워

2000. 4. 12.

그때 너는

한 달 전, 어린이집에 처음 가던 날.
마음이 놓이지 않은 엄마는 선생님과 상담을 했다.

얘가 4살이라 걱정이에요. 어린이집 가는 시간과 오는 시간을 자유롭게 해도 될까요. 선생님?

그럼요~ 어머니!

손 빠는 지우

주형

빼꼼~

그 후 지우에게 자주 총을 겨누는 머스마 주형

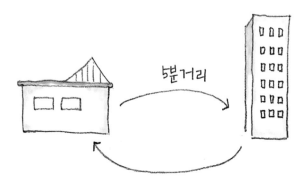

5분거리

4살도 채 안 된 어린 것을 다섯 살 반에 겨우 집어 넣고
맘이 놓이지 않아 코앞의 어린이집을
엄마는 다람쥐 풀방구리 드나들 듯 자주 들락날락한다.

어린이집과 집을
오가는 엄마

딸랑딸랑~

점심시간을 알리는 종이 울리고

갑자기
집에 가고 싶어진 지우

나 집에 갈 거야!

23

'윈도우 2000'이 출시되고 〈명탐정 코난〉이 처음으로 방영된 2000년은 20세기의 마지막 해로 새로운 밀레니엄을 맞이하고 있었다. 지우에게 는 〈방귀대장 뿡뿡이〉가 첫 방송을 한 해로 기억될 것이다.

바야흐로 4살이 된 지우는 어린이집 문턱을 처음으로 밟는 역사적인 경험을 하게 된다. 생애 처음으로 천방지축 단체 생활을 시작한 지우는 언니 오빠들을 통해 다양한 감정과 욕망을 만나고는 했다.

성장해 가면서 지우는 알게 된 것이다.
관심과 우정, 사랑 … 그리고 욕망과 좌절, 미움.
인간이 빚어내고 변주해내는 그 무수한 감정의 스펙트럼을.

2화

공주병 제증상

2001. 10. 27.

그때 너는

지우의 공주병 제증상

と 諸(모두 제)

1. 공주병의 시작은 치마만을 고집하는 것으로부터 출발한다.

실어~
실어~

2. 모자를 쓰는 것을 극력 싫어한다.
   – 머리가 흐트러지므로

3. 빨강, 노랑, 원색에 사족을 못 쓴다.

귀여워라~
너 다 모델해도 되겠다.

어머,
너무 예쁘다~

4. 이쁘다는 말에 중독되어가기 시작한다.

5. 거울을 자주 본다. 새초롬한 표정으로.

27

6. 어린이집에 가서 고개를 갸웃~ 15도쯤 옆으로 기울이고
   친구들이 지우야~ 하고 달려나와 주기를 기다린다.

7. 어린이집에 들어서서는 둔탁한 겉옷을 벗으려고 안간힘을 쓴다.
   친구들에게 빨강 원피스를 보여야 하기 때문에.

무수리 엄마

공주마마

8. 한겨울 어느 날, 한복을 입고 가겠다고 생떼를 쓴다.
   할 수 없이 나는 한복치마를 공주처럼 양 손으로 살포시 들어올리고
   앞장서는 그녀의 뒤를 마치 시녀처럼 따라나서야 한다.
   일상복을 들고 쫄래쫄래.

9. 양 손으로 머리카락 몇 줌을 희한하게 꽈악 쥐고는
   요렇게 묶어달란다.
   꼬옥 요렇게.

10. 노랑 우산을 쓰고
노랑 장화를 신기 위해
비오는 날을
손꼽아 기다린다.

찰칵찰칵 카메라 소리와 동시에
다채로운 표정과 새로운 포즈를 취하는 아이.
누가 가르쳐 준 적도 없건만.
그리고 분홍에 대한 무한 사랑….

공주로 살 수 있었던 그 시절은 너에게 별빛 같은 순간들이었다.
성장하고 어른이 되면 더 이상 공주로 살 수 없는
고단하고 슬픈 현실을 종종 만나게 될 것이다.
비록 모든 순간들을 다 기억하지 못할지라도 그때 너는
언제나 엄마의 공주였음을 기억하기를.
그래서 언제나 힘을 낼 수 있기를.

3화

공주와 똥

2000. 5. 22.

그때 너는

나 이 옷 입을거야~

32개월에 접어든 지우.
이제 자기가 선택한 옷을 고집하고
예쁜 옷을 골라 놓으면
아주 자발적으로
어린이집에 가려고 한다.

제일 어린 지우가 어린이집에 들어설 때면
언니, 오빠들이 다투어 몰려와
가방과 신발을 벗겨주려하고
서로 안고 손을 잡으려고 야단이다.

언젠가부터
어린이집 입구에 들어서면서
아무도 없음에도 불구하고
속삭이듯 말하는 지우

나 이쁘지?

똥을 가리기 시작하면서부터 생긴 버릇.
꼭 책을 들고 똥을 누어야 한다.

그리고 결정적인 순간엔 엄마의 손을 꼬옥 잡고 일을 보아야 한다.
으응가, 으응가! 함께 힘을 주는 목소리. 똥 눌 때면 유난히 요구도 많다.

고 버릇 고쳐보고 싶지만
간을 빼주며 사귀어 온 친구의 말이 떠올라
차마 단호해지지 못한다.

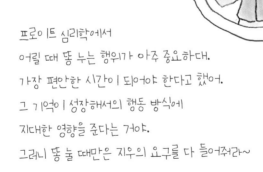

프로이트 심리학에서
어릴 때 똥 누는 행위가 아주 중요하대.
가장 편안한 시간이 되어야 한다고 했어.
그 기억이 성장해서의 행동 방식에
지대한 영향을 준다는 거야.
그러니 똥 눌 때만은 지우의 요구를 다 들어줘라~

하루 한 번 똥을 눌 때 아이는
가장 안전하고 편안하며 확고한 지지대가 필요했다.

돌이켜 생각해보면
'밥 잘 먹고 똥 잘 누고 잠 잘 자는 것'
이 기본적인 세 가지 행위가 인간의 삶에서
얼마나 중요하며 또 얼마나 녹록하지 않은 일인지.
식이장애, 변비와 설사, 불면증과 수면장애는
곧잘 우리 일상을 흔들고
그 이면에는 쉽지 않은 인생사가 내재해 있다.

두 손 모아 기원해 본다.
우리 아이 밥 잘 먹고 똥 잘 누고 잠 잘 자게 하소서.

4화

맹랑 지우

2000. 6. 12.

그때 너는

근자에 들어 맹랑하기 이를 데 없는
서른두 달을 살아온 지우

어느 날 내가 맘에 안 들 때는

엄마는 날씬한 언니 아니야.
뚱보야, 뚱보!

어느새 지우가
날씬한 건 좋은 거고 뚱뚱한 건 나쁜 거라는
어른들의 생각을 알게 된 것일까….

무섭다

근데 지우가 끝말잇기를 알고 있을까…?

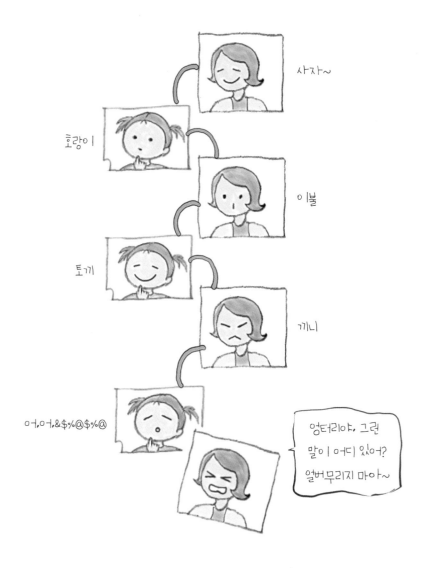

사자~

호랑이

이불

토끼

끼니

어,어,&$%@$%@

엉터리야. 그런
말이 어디 있어?
얼버무리지 마아~

45

지우는 요즘 자기 말을 따라 할 것을 강요하고 있다.

드디어 인내심의 한계에 이른 엄마

지우야,
제발 남들에게 따라하라고 말하지 말아줘.
네 말을 따라 해 줄 수 있는 사람은
세상에서 엄마와 아빠 두 사람 뿐이야.
알겠니?
네 욕망을 제발 딴 사람에게 강요하지 마.
정말이지 네 요구에 다 따를 수 없단 말이야.
이해하겠어?

이십대 후반, 우울증에 빠져 있을 때였다.
건장하고 활기찬 중학생들이 우르르 몰려다니는 모습을 보았다.
거리에 우두커니 서서 그들을 바라보는 무기력한 나는 생각했다.
어떻게 아이를 낳아 저토록 씩씩하게 키울 수 있는 걸까?
나는 아이를 낳아 키울 자신이 없었다.

아이를 낳고 나서 알았다.
아이는 스스로 커나가는 것임을.

5화

지바뿔라

2000. 9. 4.

그때 너는

지~바뿔라~

어느 날 내가 지 맘에 안 들어서인지 지우가 불쑥 내뱉는다.

어라~
요것이 무슨 소리냐…?
지바뿔라?

내가 일하러 간 사이 외할머니와 부대끼면서 요 어린 것이
얼마나 미운 짓, 심술궂은 짓을 많이 했을까?
그때마다 경상도 토박이 할머니는
'지바뿔라'라고 으름장을 놓았을 것이다.
그것을 지우는 언어 감각이 신비로운 만 3세까지의 직관으로
억양까지 그대로 받아들여 재현하고 있는 것이다.

지바뿔라 = 쥐어박아 버릴까보다

아이의 언어를 살펴보면 재미있는 것이 한두 개가 아니다.
이를테면 아이들은 자음과 자음으로 연결되는 음절 사이에
매개 모음을 넣고 발음하고 있다. 바로 그것이 자연스러운
언어이기 때문일까?

바지 입으자~

밥 먹으고~

오늘도 지우를 재우면서 느리게 노래를 부른다.

하나 하면 할머니가 지팡이를 짚는다고 잘잘잘~~
두울 하면 두부장수 두~부를 판다고 잘잘잘~~
세엣 하면 새색시가 거울을 본다고 잘잘잘~~

살아가면서 가장 아름다운 일은 누군가의 배경이 되어 주는 일이다.

부모는 자식의 배경이다.
혹 우리는 배경을 박차고 나와 그림이 되려 하지는 않았을까?

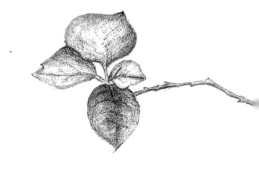

그대의 아이는 그대의 아이가 아니다.

아이들이란 스스로를 그리워하는 큰생명의 아들딸이니

그들은 그대를 거쳐서 왔을 뿐 그대로부터 온 것이 아니다.

또 그들이 그대와 함께 있을지라도 그대의 소유가 아닌 것을

그대는 아이들에게 사랑을 줄 수는 있으나, 그대의 생각까지 주려
고 하지는 말라.

아이들에게는 아이들의 생각이 있으므로.

— 칼릴 지브란, 「아이들에 대하여」, 『예언자』 중

6화

착한아이
콤플렉스

2001. 5. 9.

그때 너는

영~ 영~

지우는
과거로의 회귀를 꿈꾸는 것일까...?

떼쓰며 우는 지우
수시로 발하는 호소
으앙~ 아아앙!

콧소리를 섞어가며 아앙~ 아아앙!

엄마와 할머니의 눈치를 보여 아아앙~ 아아앙!

못 들은 척 외면하는 엄마와는 달리
모든 것을 받아주시는 할머니

바로 앞 교회의 어린이집에 보내놓고
인생이 달라졌다는 둥, 삶의 질이 달라졌다는 둥 좋아라 했지만
이따금 가슴을 서늘하게 하는 지우의 어리광.

흐흑~흑~

어느 날 아침 지우는 잠결에 세상에서 가장 슬픈 표정으로
흐흑~ 흑 울고 있다. 무슨 슬픈 꿈을 꾸는 걸까?
손을 꼬옥 잡아준다. 그래도 새어나오는 아이의 울음은
그치지 않는다. 가볍게 잠을 깨워본다.
벌떡 일어나 엉엉 울어 버리는 지우.

부모의 칭찬과 격려가 과도하면 아이는
무엇이든 잘해야 한다는 강박 관념에 휩싸여
'착한 아이 콤플렉스'에 시달리게 된다.

그러다가 본래의 모습으로 돌아오면
아이는 착한 아이가 되어야 했던 그 억압에서 풀려나
더욱 걷잡을 수 없는 천방지축이 된다.

착한 사람이 되기보다 나답게 살아가기
하고 싶지 않은 일은 거절하기
타인의 시선에 구애받지 않고
나의 내면의 목소리에 귀를 기울이기

결코 쉽지 않은
행복하게 살아가기의 법칙들

7화

남자친구

2001. 8. 28.

그때 너는

어느 주말 저녁….

나는 얼떨떨해 하며
다양한 사고를 심어주고자
궁리한다.

"어엉, 결혼해도 되고 안 해도 돼~"

안 돼애~~
남자는 여자를 좋아한단 말이야.
안 그러면 남자가 슬퍼한단 말야아~~

그런 지우에게 몇몇 남자친구들이 생겼다.

1. 현석

오늘 지우는 현석에게 팽이를 선물했다.

현석이 생일이었기 때문이다.

오후에 현석 엄마에게 전화가 왔다.

호~호~호~

현석이가 지우에게 받은
선물에 보답하기 위해
준비한 선물을 들고
지우집에 꼭 가야한다고
성화를 부리네요~

2. 준이

동네 꼬마 녀석 준이는 매일 아침
유치원 차를 기다리며 지우를 만난다.

쭈우운!

크게 소리지르며 악수하려는 지우와 달리
엄마의 치마폭에 숨으며 수줍게 웃는다.

엄마 뒤에 숨어 얼굴만 빼꼼 내민 준이는
옥수수알 같은 이빨을 다 드러내 놓고
부끄러운 듯 활짝 웃고는,
눈가에 반가움을 감추지 못한다.

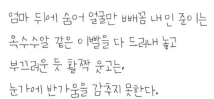

얘가 그래요.
난 지우가 차암 조아~

또래보다 덩치가 큰 경수는 친구들을 잘 때린다.
준이는 늘 경수한테 얻어터진다.

3. 경수

볼따구가 튀어나올 듯 건장한 이 녀석은
아직까지 지우를 때린 적이 없다.
큰 자전거를 빌려주기도 한다.

어느 날 경수가 세수하고 씻고 잠자기 전
엄마에게 묻더란다.

엄마아,
지우는 내 여자 친구지?

친구의 생일 선물을 챙기고
힘찬 목소리로 인사를 하며 함께 유치원 차에 오르고
억센 친구와도 거침없이 놀던 핵인싸 지우.

그때 너는 '인싸'였지만 점점 조심스럽고 삼가는 아이가 되어갔다.

inside에 어원을 두고 있는 '인싸'는 집단의식, 소속감을 표현하는 범주를 넘어 친구가 많고 활동적이라는 적극적인 의미를 담은 신조어가 됐다.

이따금 나는 '인싸'에 대해 저항감을 느낀다.

1인 가구가 많아지고 혼자 있는 시간이 적지 않은 이 시대에야말로 '혼자 있는 능력'이 강조되어야 하는 건 아닐까? 혼자 지내는 시간을 충만하고 행복한 시공간으로 일구며 살아갈 수 있는 사람이 매순간 행복할 수 있지 않을까?

8화

한글놀이

2001. 9. 14.

그때 너는

어느 날 지우가 자다가 벌떡 일어나 내게 항변한다.

일이 많이 정리되고 지우와 보내는 밤 시간이 늘어나면서
아이와 한글 익히기를 시도해 보았다.
노래로 화답하는 방식이었다.

혹은 책장에 꽂힌 책 제목을 가리키며
글자를 익히게도 해 보았다.

이 이렇게 해서 요 근래 지우는 초성과 중성으로만 이루어진
글자 중심으로 약 50여 개의 글자를 알게 되었다.

하루는 친구 혜인이가 놀러왔다.

아이들은 저들끼리 놀고
나는 딴 일을 하고 있는데 지우의 큰 음성이 들려왔다.

백성공주가아~ 왕자랑 손을 잡고오~

혜인이에게 동화를 읽어주고 있는 것이었다.
물론 그림을 보며 엉터리로 이야기를 지어내고 있었었다.
마치 글자를 다 알고 있기나 한 듯이.

흐음….

아이가 스스로 잘 해 주길 바랐지만 현실은 냉정하다. 엄마의 세심한 손길이 덜 간 아이의 학습 능력은 허술했다. 어저께 지우는 두 자리 곱하기를 잘 못해서 선생님께 등짝을 얻어맞았다고 울었다. 그러면서 딴 엄마들은 아이들에게 매일 두 시간 공부를 시킨다고 불만을 터뜨린다. '자생력'이 중요하다고 늘 생각했지만 아이의 말에 흔들리는 신념.

내가 어렸을 적엔 아이들의 '자생력'에 의해 학습 능력이 결정되었지만 지금의 현실은 다른 요인에 의해 아이들의 학업 능력이 결정됨을 뼈저리게 느낀다. 그러나 아직까진 운동장에서 보내는 시간을 좀 더 많이 주어야 하지 않을까? 어떻게 해야 하나…. 아침잠에 휘청거리는 나도 오늘 아침엔 정신이 번쩍 든다.

지우를 어떻게 지도해야할까?
결국 엄마의 분발이 요구되는 것일까?

2005. 5. 25

9화

리카지우

리카

2002. 11. 29.

그때 너는

짱문방구를 지날 때마다 지우는 무언가를 사달라고 졸라댄다.

이런 핑계 저런 핑계를 대며 아이의 요구를 다 채워주지는 않지만
어쩌다가 문방구에 들어가야 할 때가 있다.
아이가 고르는 것이란 얼마나 사소하고 하찮은 것인지!

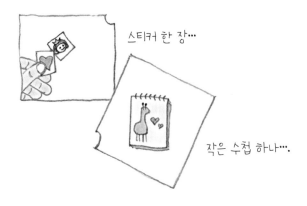

스티커 한 장…

작은 수첩 하나….

최근에는 아이들에게 인기 폭발인 마수리 목걸이를 사달라며
며칠 동안 징징대서 사 주긴 했는데….
참나, 얼마나 안 예쁘고 유치한 생김새의 목걸이인지.

그러나 많은 아이들의 목에 자랑스럽게 마수리 목걸이가 걸려 있다.

또 '인형공주 리카'라는 손바닥만한 플라스틱함에는
고무 도장이 몇 개 있다. 이것이 지우를 얼마나 행복하게 하는지….

근래 지우가 그림일기를 쓰기 시작했다.
첫 그림일기를 쓰면서 아이는 내게
수시로 달려온다.

엄마아~ 나 네 줄 썼어!

엄마아~ 나 여덟 줄 썼어!

아이의 틀린 맞춤법이 재미있고 앙증맞다.

제 나름 긴 글을 쓰고는 반드시 제목을 달았다.

숲헤(숲에) 사는 지우

오늘은 엄마랑 쟁문구편시을가다그리고
현석이생일선물도사다그런 대엄마가
일어려가다심심해다……엄마학생이
랩스터을가졌다줌다고말해다그래서
나는엄마에게이야기를해달려구해다
그래서엄마는랩스터이야기를해주다
그리고자다안녕

지우가 스거(쓴거)

장황하게 한 장을 채우고 자신이 쓴 글임을 꼭 밝힌다.

이후 지우의 모든 기록과 그림에는 리카지우라는
도장이 위풍당당하게 찍혀 있다.

단순하고 명료한 아이의 행복!

어느 날 결연한 태도로 단호하게 말했다.

"지우야, 긴 세월 살아온 내 경험으로 확언하건대 행복은
'몰입'에서 온다!"

어느 날 책에 빠져있거나 영화에 골몰하던
스물 세 살의 지우가 말한다.

"엄마, 정말이지 행복은 몰입이야."

10화

♥

책 읽는 지우

2003. 3. 2.

그때 너는

아이가 유치원에서 돌아오고 한두 시간 뒤면
내가 일터에 나서는 시간이 되곤 한다.
그리고 늦은 밤, 내가 돌아올 무렵이면 새근새근
아이는 잠에 곯아떨어져 있다. 이 생활이 때로 걱정이 된다.
외할머니가 철벽처럼 아이를 보호하고 계시지만
아이를 이기지 못하신다.

지우가 너무 방치되는 것은 아닐까...?

8시 30분이면 어김없이 막장드라마를 보고.
<이것이 인생이다?>와 같은 심란한 프로를 즐겨보는 아이.
들풀처럼 자라길 원하지만 아이의 잠재성이
제대로 키워지지 않을가 우려하며 나는 어느 날
엄마한테 제안을 하나 한다.

그로부터 지금까지 아이는 할머니와 매일 꼬박꼬박
열 권의 책을 읽는다.

그 이후 아이는 책을 무척 좋아하게 되어
할머니와 열 권의 책을 읽은 후에도
제가 스스로 책을 찾아 읽어대곤 한다.
그리고 일하는 나에게 수시로 전화를 해댄다.

만나면 그냥 시큰둥하기도 한 관계이건만

떨어져 있을 때면 우린 극히 사무치게 그리운 관계가 된다.

지우야, 텔레비전을 보면 가슴에 모래가 서걱서걱하고
책을 읽으면 마음에 별이 반짝반짝 빛난다고 했지?
그래, 책은 다 읽었니?

아이참,
오늘은 스물한 권 읽었다니까요~

갑자기 아이는 내게 쓰지 않던 존칭을 쓴다.
엄마에게 보다 착한 딸이 되고 싶어진 게다.
갑자기 우린 무척 우아한 모녀가 된다.

아이가 자주 드나드는 곳에 '노빈손 시리즈' 열다섯 권을 놓고 역사 만화책들을 쌓아 놓는다.

쥐방울만한 것이 조금 크면서 제법 책을 좋아하게 되었는데 때로 황당한 책들을 즐겨 읽는다.

《예뻐지는 비법을 콕콕 짚어 주는 책》

책이 정보를 주든, 위안을 주든, 감동을 주든 책과의 피드백이 지속적으로 이어지길!

2003. 3. 15

11화

탱탱볼

2003. 4. 8.

그때 너는

바람이 불지만 햇살이 참 좋은 날.
아이와 피아노 학원을 다녀오는 길이었다.

문구점에 들러 500원을 주고 탱탱볼을 샀다.

탱탱볼 하나로 행복이
탱탱하게 부풀어 오른 지우.

좁은 길을 건널 때였다.
(아이와 학원을 같이 다니는 이유 중 하나가
바로 이 좁은 길을 달리는 많은 차량들 때문이다)
지우가 손에 들고 있던 탱탱볼을 놓치자 탱탱볼은
제멋대로 통통 데구루루 구르고 굴러
멀리멀리 차량들 사이로 튀고 또 튄다.

순간, 내 손을 뿌리치며 아이는 도로로 뛰어간다.

차들을 끊임없이 오가지만 아이의 눈에는,
오로지 500원짜리 탱탱볼밖에 보이지 않는다.

아이 뒤를 내가 황급히 소리지르며 뛰어갔다.
참으로 당혹스럽던 순간들.

지나가는 차를 세우고 아이는
멀리까지 굴러간 탱탱볼을 겨우 잡았는가 싶었는데
탱탱볼은 다시 또 손에서 빠져나간다.

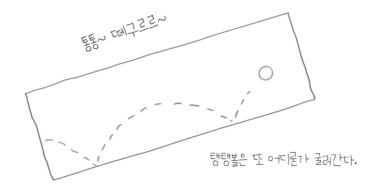

통통~ 떼구르르~

탱탱볼은 또 어디론가 굴러간다.

두 번의 아찔한 순간들을 겪고 나서 드는 생각

이래서 아이들이 사고가 나는구나.
아이들에겐 오로지 자기 관심 영역 외엔
아무 것도 보이지 않는 거구나….

한 차례 회오리를 겪고 나서 아이 하는 말

쥐방울만한 것이
솔방울만한 것이
밖에 혼자 나가 논다.

놀이터에서 그네 타고, 시소 타다가
초등학교 1학년 언니들을 따라다니며
놀이터를 벗어난다.

베란다에서 지켜보는 엄마는
길을 잃어버리면 어떡하나,
차에 부딪치면 어떡하나,
조마조마한데

빨강 스타킹에 청치마를 입은 솔방울은
쫄래쫄래 언니들을 좇다가
트럭 뒤에 몸을 숨기며 장난도 치고
빨리 오라고 몸을 팔짝이며 소리를 친다.

행여 멀리 벗어날까 걱정되어
후다닥 뛰어나가 아이를 찾으니
솔방울은 슈퍼에서 언니가 사준
100원짜리 불량식품을
쪽쪽 빨면서 내게 자랑한다.

이제 집으로 들어가자는 권유에
싫어, 나 심심해~

솔방울은 쬐ㄲ만 몸으로
팔딱팔딱 뛰면서 또 어디론가 달려간다.

2004. 5. 2

12화

커플목걸이

2003. 4. 11.

그때 너는

근래 지우는 유치원 친구 박준영과 친해졌다.

며칠 전부터 놀이터에서 만난 준영에게
아주 호의적이더니, 오늘은 열심히 그림을 그린다.

지우와 준영이 나란히 손을 잡고 있는 그림.
그림 속의 지우는 길게 늘어진 별 귀걸이를 하고
머리에는 핀을 두 개나 꽂았다.
입술은 립스틱을 바른 것처럼 짙고 굵게 칠해져 있다.
옷에는 하트가 커다랗게 그려져 있다.

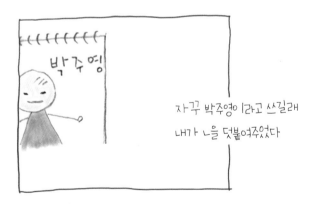

자꾸 박주영이라고 쓰길래
내가 ㅣ을 덧붙여주었다

잠들기 직전, 갑자기 신명이 오른 지우는
준영에게 선물을 하고 싶다고 한다.

내일 사주마고 했다.

그래도 무언가 아쉬웠던지 강아지 인형을 들고
포장하기 시작한다. 내일 박준영에게 줄 거란다.
내가 사탕모양으로 예쁘게 포장해주자
유치원 가방에 집어넣고 그제서야 잠이 든다.

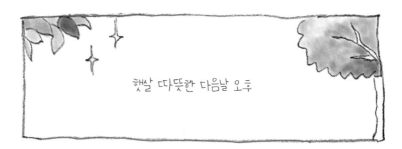

햇살 따다뜻한 다음날 오후

유치원 5호차를 타고
은우가 돌아온다.

아이는 뛰어오를 듯이
환호하며 내 품으로 달려든다.

그러면서 하는 말

엄마, 나
커플 목걸이 사줘.

뭣 하려?

으응, 준영이에게 줄 거야.
나 준영이랑 결혼할 거거덩.

아이스크림을 먹으며 손잡고 길을 걷다가
나는 궁금해져 묻는다.

그러다가 다시 내 귀에 속삭인다.

어엉, 얼굴이 멋있게 생겼어~

집으로 돌아와 할머니에게 지우의 커플 목걸이 타령을 들려준다.
아이는 한술 더 떠 커플 팔찌도 사 달란다.
할머니는 지우에게 따지듯 묻는다.

걔가 니한테 안 사주고
와 니가 사주노?

아이~
커플 목걸이는 여자가 사 주는 거야!
할머니는 그것도 모르면서~

박장대소하는 할머니
다시 지우는 내게 확인하듯 다짐한다.

엄마가 내 남자친구가 생기면
커플 목걸이 사준다고 저번에 약속했지?

내가 그런 약속을 했던가…?

식탁 위에서 굴러다니는 츄파춥스 사탕을 집어든 지우

엄마아~
나 사탕 먹어도 되지?

그럼엄~

아, 참! 이거 준영이에게 줘야지~

오오, 세상에나….
그래, 네가 좋아하는 녀석에게 다 퍼주거라.

함박 마음에 꽃 피듯 미소가 번진다.
다음날 일 하는 도중 아이로부터 전화가 왔다.

엄마아~
커플 목걸이 샀는데
내가 포장해도 되지?

늦은 시각, 집으로 돌아와 아이의 유치원 가방을
들여다보니 주섬주섬 어설프게 포장된 것이 있어 헤쳐 본다.
조잡해 보이는 두 개의 목걸이와 팔찌가 있다.
목걸이 줄이 뒤엉켜 있어
하늘색 포장지에 각각 따로 하나씩 포장을 한다.
빈 가방엔 츄파춥스 사탕도 하나 덩그러니 있다.

내숭을 떨지 않고, 새침을 떼지 않고
제가 좋아하는 남자 친구에게 커플 목걸이를,
커플 팔찌를, 마침내 그렇게 달콤하고 맛있는
츄파춥스 사탕마저 안겨 주려는 아이.
제 안에 무언가를 남겨 두거나 아껴놓지 않고
그대로 탕진하듯 모든 것을 퍼 주려는 아이.
자신의 감정을 솔직하고 담백하게 표현하는
아이의 성격이 마음에 든다.

(누구 닮았을까…?)

지우의 지각과 인성이 두드러지게 나타나기 시작하면서
나는 아이를 볼 때 자주 한숨을 내쉬게 된다.
하나도 정제되지 않은, 일체의 순화되지 않은
원형 그대로의 내 모습과 자주 맞닥뜨리게 되기 때문이다.

팔딱이는 생기, 쩌렁쩌렁한 목소리, 사람을 좋아하는 기질,
호오를 분명하게 나타내는 선명함, 의욕이 넘치다 못해
철철 흘러내리는 첨벙거림…….
그리고 사소한 것도 제 뜻대로 하려는 아집,
오래도록 제 맘을 할퀴고 깎아내릴 것이 틀림없을 끝없는 욕심,
친구에게 지지 않으려는 대책 없는 고집,
곧 죽어도 내려놓으려 하지 않는 자존심…….

달을 보고 흥분한 목소리로

'엄마아~ 달이 너무 아름다워어~' 하는 아이에게 반하지만,

이해할 수 없는 억지를 부리는 아이를 보면 고개를 내젓게 된다.

아이의 이기심, 독오르듯 부풀어 오르는 욕심,

부당한 억지… 등을 나는 찬찬히 바라보며

아이 속에 내재한 나, 하나도 다듬어지지 않은

'원형의 나'를 가슴 철렁이며 자주 만나는 것이다.

엄마와 딸 2

무엇엔가 자신을 불태울 때 소진되지 않고 그 속에서 끝 모를 에너지를 얻곤 하는 나. 할 수 있으면 늘 그 어떤 창조적인 작업에 자신을 몰입시키고 싶은 나. 그래야만 시원하고 살만하고 행복한 나. 그 무한 에너지를 사랑하고 즐기는 나.

지인들과 짧은 여행을 하고 돌아오는 길이다. 그토록 광기 어리게 뛰어놀았던 아이들이 모두 차 안에서 혼곤히 잠에 곯아떨어졌는데 그 와중에 흐르는 에너지를 주체하지 못해 지우는 혼자서 노래를 부르고 춤을 춘다. 그리하여 이 아이에게 붙여진 또 하나의 이름 ─ 에너자이저

◇◇◇◇

무엇인가 하고 싶은 일을 하지 못할 때 아이의 얼굴에 선명하게 나타나는 절망적인 절규.
"어어엉, 엉엉, 엄마아…. 나아 슬퍼어!"

13화

♥

물사마귀

2003. 5. 8.

그때 너는

아이의 살이 접힌 부분, 팔과 다리에
한두 개씩 돋기 시작하는 물사마귀.
처음엔 대수롭지 않게 생각하다가 등에도 나기
시작해 소아과에 데려갔더니 괜찮단다.

그래서 또 시간이 흐르고, 어느 날
심상찮다 싶어 다시 피부과에 데려갔더니
모두 짜내어야 한단다.

의사 선생님은 몇 개만 제거하자 하신다.
마취 크림을 바르고 살을 후벼파듯
물사마귀를 도려낸다.
소리를 지르기 시작하며 우는 아이.
아, 세상에… 생살을 후벼파다니, 얼마나 아플까.
눈물이 범벅이 된 아이가 엎드려 있다가
놀라 뒤돌아보며 의사 선생님께 하소연 한다.

아저어씨이이…만…지…지…마세요오…!
피…나잖아…요오…오!!

아이의 절규는 처절하다.
옆에서 차마 눈뜨고 볼 수 없다.
젊은 의사 선생님도 마음이 여린 탓인지
두 개를 제거하고는 더 이상 파내지 못한다.

아이의 아픈 광경을 엄마는 견딜 재간이 없다.
6개월에서 9개월 사이, 자연스럽게 사라진다는
말에 의지해 속수무책 그냥 두기로 한다.
그래도 목욕을 시킬 때 다닥다닥 돋은
물사마귀를 볼 때면 몹시 심란하다.
스스로 그렇게 생각하는 것을 용납하고 싶지 않지만
아이가 아프거나 문제가 생기면
자책감이 늘 고개를 든다.

내가 '모성애'가 강한 사람이라고 생각되지는 않는다.
모성애는 본능적이고 타고난 것이지만
아동학대나 친자 살해 공모와 같은
모성애를 회의하게 만드는 사건들이 종종 발생한다.

동물의 세계에서도 역시 강한 모성애가 발견되지만
인간의 세계에서는 모성애나 가족주의가
권장되고 조장된다는 생각을 이따금 한다.
본능적이고 아름다운 영역이지만 가족이라는 강고한 성을
배타성과 함께 쌓는 것에 대한 거부감일까?

영화 〈마더〉는 보여주었다.
모성애가 얼마나 다양하게 변주되며 이기적일 수 있는지를.
육아는 아슬아슬하고 위태로운 과정이다.
내가 좋은 엄마가 아니라는 자책감에
끊임없이 시달리게 하는.
그래서 자주 생각하게 된다.

엄마는 나를 어떻게 키웠을까?

14화

♥

눈망울

2003. 6. 14.

그때 너는

엄마아~

어제 일하러 나설 때다.

차에 올라 십여 미터 미끄러지듯 내려가는데

마침 놀이터에서 집으로 들어가려던 지우가

내 차를 확인하고는 엄마아~

목청을 다하여 부르며 차 뒤꽁무니를 따라오고 있다.

아, 그 모습이란!

아이는 필사적으로 달려오고 있었다!

그 순간 엄마를 놓치면 영영 이별이라도 하는 듯
아이는 큰 눈을 부라리며 결사적으로 내리닫는다.

얼른 차를 세우고 내려 아이에게 달려가
덥석 껴안는다. 열심히 놀아서인지 머리가
땀에 젖어 있다.

십여 초…. 아이를 꼬옥 껴안고
볼을 부비고 나자, 엄마의 사랑을
충분히 확인한 데에서 오는 만족감 탓인지
더 이상 미련을 가지지 않고
엄마, 안녕! 하고는 집으로 쪼르르 달려간다.

그때 천천히 오버랩되는 한 장면.

지우가 두세 살 때였던가?
감기로 열이 심한 아이의 몸 상태가 좋지 않았다.
외할머니가 끄는 유모차에 실려
주차장까지 나와 일 나서는 나를 물끄러미
집요하게 쳐다보던 그 모습.

아이는 약간 인상을 쓰듯 미간을 찡그리고 있었고
부리부리한 두 눈망울은 줄곧
나를 바라보고 있었다.

아픈 아이를 두고 일 하러 가야 했던
정황이 안 타가워서였을까.
그 때 그 순간은 정지된 화면처럼 이후로도
좀처럼 지워지지 않았는데
어제 아이가 온 힘을 내서 달려오는 모습에서
난 그때 그 순간의 아이를 연상했다.

한 가지만 생각하며 내리닫는 열정,
커다란 눈망울, 애처롭고 처연할 정도로
사무치는 간절함을 담은 그 눈망울.

곤하게 잠든 너를 가만 지켜보곤 했어.
적막한 사위엔 숨소리만 고요히 흐르곤 했지.
평화롭지 않은 세상을 아이는 잘 살아갈 수 있을까?
건강하고 씩씩하고 행복한 삶을 살아가길
풀꽃처럼 생명력 가득하길
달을 먹고 싶어 하던 천진함을 잃지 않기를 바라지만
오직 간절한 기도는 하나였어.

어떠한 환경에서도 살아갈 수 있는
강한 적응력을 가진 아이가 되게 하소서.

15화

커가는 아이

2003. 8. 23.

그때 너는

지우의 절약 정신

지우가 변했다.

이상한 일이다. 여름 휴가 이후 제법 의젓해졌다.

떼를 부리는 일이 거의 없어졌고
친구들에게 양보하고 배려하는 일이 잦아졌다.
나는 아이에게 '배려'라는 이 어려운 단어를
가르치려 노력한다. 착해진 아이는 한술 더 떠
지나친 검소함(?)으로 어른들을 당혹스럽게 한다.

전기를 아끼라는 할머니의
평소 가르침에 따라
아이는 엄마와 아빠가 켜 놓은 방마다
따라다니며 불을 끄고 있다.

세수를 할 때 물을 틀어놓고 하면
잔소리를 한다.

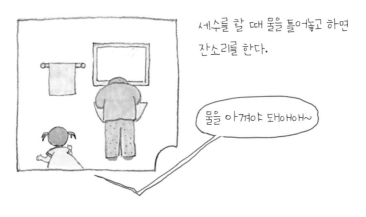

아이는 물을 틀어놓고 세수하다가 잠그고
다시 틀어놓고 잠시라도 다시 잠그길 여러 번 반복한다.
자기가 세수를 하고 난 물을 버리지 말란다.
그 물에 엄마와 아빠가 차례로 세수를 하란다.

연극적인 지우

휴가를 떠날 때였다. 간헐적으로 엄지손을 빠는 아이에게
나는 냉정하게 말한다.

그 순간 아이의 눈에서 닭똥 같은 눈물이 뚝뚝 떨어진다.

휴가 마치고 돌아오는 길, 또 손을 빠는 아이에게
같은 말을 전해준다. 우린 신경 끌을 거야. 맘대로 해.
아이의 눈시울엔 다시 눈물이 그렁그렁.
설움에 북받친 목소리로 하소연하듯 말한다.

지우 죽으라고오~~?

어느 날 친구와 딸, 지우와 나, 이렇게 넷이서 대공원을
둘러보고 귀가할 때였다. 차를 가가이 가져오려고 주차장에 갔다가
돌아오고 나니 친구 손을 잡고 있던 지우가 멀리서
뛰어오며 간절하게 말한다.

엄마아~

나 버리지 마아~

곁에서 그 모습을 보던 희곡 쓰는 친구 왈

지우는 참 연극적이다~

지칠 줄 모르는 열정

음악 <마법의 성>을 틀어놓고
아이는 춤을 춘다. 한 번.
어른들은 기특해서 손뼉을 치며 좋아라 한다.

다시 아이는 춤을 춘다. 두 번. 처음보다 춤이 나아져서
어른들은 또다시 아이를 칭찬하며 박수를 친다.
춤은 계속 된다. 세 번, 네 번….

네 번째에 이르러서는 아이가 음악에 몸을 싣는 듯하여
어른들은 신기해하며 계속 시선을 준다.
그러나 춤은 또다시 이어진다. 다섯 번, 여섯 번….

갈수록 춤사위는 좋아지지만 어른들은 이제 피곤해진다.

시선을 딴 데로 두고 싶어하지만

아이는 줄곧 시선을 받고 싶어한다.

결국 어른들은 포기하고 각자의 자리로 돌아가지만

아이는 지칠 줄 모른다.

일곱 번, 여덟 번…

"엄마, 놀아줘어~"
"그래, 잠깐만! 이것만 마저 하고."

"엄마, 놀아줘어~"
"어떡하지? 일하러 가야 하는 시간인데."

"엄마, 놀아줘어~"
"조금만 기다려봐. 이것만 다 읽고 놀아줄게."

아이가 나를 요구하고 집착할 시간이 얼마 남지 않았는데, 조금만 더 크면 내가 아이에게 애착해도 방 문 꼭꼭 잠그고 제 세계를 추구할 텐데, 초등학교만 입학해도 엄마보다 친구를 더 찾게 될 텐데….

나는 더 열심히 말을 걸고
더 열심히 귀 기울이고
더 열심히 사랑하지 못하고 흘려보내고 있다.
그 많은 순간들이 꽃봉오리인 것을.

오늘 낮, 아이와 나들이를 했다. 차 뒷좌석은 책과 프린트 등으로 엉클어져 있다. 아이는 왜 이리 지저분하냐며 '내가 치워줄게' 한다. 나들이에서 돌아오는 길에 슬쩍 뒤 돌아보니 대충 정리된 뒷좌석에서 가장 두꺼운 책을 베개처럼 베고 아이는 잠들어 있다.

아이를 집에 내려놓고 후다닥 일하러 나오다가 신호대기 중, 자료를 찾으려고 뒷좌석으로 손을 뻗으니… 책과 프린트들이 일목요연하게 정리되어 있다. 순간, 감동이 찌르르…. 다 컸구나!

2003. 2. 26

* 정현종, 「모든 순간이 꽃봉오리인 것을」, 『사랑할 시간이 많지 않다』
(문학과지성사, 2018) 참고

16화

♥

하나인형

2003. 10. 15.

그때 너는

쌔근쌔근~  까르르~

쌔근쌔근 잠자는 숨소리도 내고
까르륵 웃기도 하는 '하나인형'을 사달라고
오래 전부터 아이는 보챈다.
원하는 것을 쉽게 아이 손에 쥐여주지 않으려는
엄마는 요지부동. 계속 미루고 미룬다.
그러나 오래 버티지 못하고 결국 목요일
인형을 사기로 약속한다.

아이는 눈 빠지게 목요일을 기다렸고
아침에 유쾌하게 유치원을 향했다.

오늘은 정말
기분 좋은 날이야~

오후에 아이를 데리러 유치원에 가자
선생님들이 웃으며 말한다.

지우가 하나인형 사러 가지요?

아이는 하루 종일
자랑했나보다.

햇님 어린이집

엄마가 유치원에 오는 것을 무척 좋아하는 지우.
일찍 일하러 나가는 날, 나는 종종 아이에게
들러 아이스크림을 사준다.
오늘 너무도 신나고 행복한 지우는
상기된 얼굴로 말한다.

엄마, 돈 많이 써서 어떡하지?
내 통장에 돈 엄마 다 줄게.

괜찮아.

내가 나중에
돈 벌어서 엄마 줄게.

네가 어떻게 돈 벌 건데?

열두 살이 되면 돈 벌 거야.
김밥 팔아서.

할머니처럼 맛있게
김밥 만들 수 있어?

어어, 할머니한테 배우면 돼.

아이는 야무지고 씩씩하게 말한다.
하나인형을 사기 위해 마트에 도착해
차에서 내리자 아이는
음악이 흐르는 주차장에서 나비처럼
하늘하늘 춤추며 한 바퀴 휘리릭 돈다.
미소 가득~

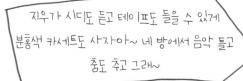

지우가 시디도 듣고 테이프도 들을 수 있게
분홍색 카세트도 사자아~ 네 방에서 음악 틀고
춤도 추고 그래~

으응, 하나인형보다
그게 더 중요한 거지이!?

아이는 엄마의 환심을 사기 위해
착한아이 강박증세를 보이기 시작한다.
매장에 아이스크림 가게가 보인다.

오오, 웬일일까?
아이스크림이라면 사족을 못 쓰는 아이가,
아이스크림 가게를 지나면서 다시 한번
사줄까 물어보지만 의연하게 괜찮다 한다.

호오, 그래? 조금 지나 다시 물어보니

아이스크림을 사주자
지우는 허겁지겁 맛나게 먹는다.

하나인형을 사고는 집에 와서 부산하게
집을 만들고 좋아라 한다.

어화둥둥~ 내 동생~

아이는 가슴에 하나인형을 업고 재우기도 하고
어르기도 하고 피아노를 치러 갈 때면
잘 있으라 인사도 하며 마냥 행복해한다.

자장~자장~

안녕~

이 단순하고 명쾌한 아이의 행복.

행복의 감도

어린 시절, 행복의 질감은 아주 단순했다.
흑백텔레비전이 보급될 무렵
텔레비전에서 본 침대가 선망의 대상이기도 했고,
그토록 원하던 피아노를 배울 수 있다면 더 이상 바랄 것이 없기도 했다.
너덜너덜하지 않은 화판을 소유한다거나,
당시 처음 나왔던 새콤달콤한 요구르트를
매일 먹어보는 것과 같은 일들이
행복의 목록에 속했다.
하굣길에서 만난 노점에서 엄마가 사 준
싸구려 냉수나 빵 같은 것들은 아직도 퇴색되지 않은 채
행복의 기억으로 어슴푸레 남아 있다.
조금 더 자라서는 내 방을 가져보는 것과 같은 희망 사항이 추가 되었고
대학 시절 자취방을 얻고 나서는
설렘에 새벽에 일어나
학교 주변을 한 바퀴 돌기도 했다.

침대나 피아노처럼 유년 시절 원하던 것들을
모두 손에 쥘 수 있는 나이를 넘어서부터
행복의 감도는 둔해지기 시작한다.
단순한 물질적 욕망을 훌쩍 넘어선 것들,
분명 어릴 적 그것들보다는 쉽게 얻기 어려운 것들을
원하게 되고 그것은 지난한 인생의 행로 속에서
결코 만만치 않음을 깨닫게 된다.
때로는 자신이 무엇을 원하고 있는가에 대해 망연할 때조차 있다.
더 높은 삶의 질을 추구하는 가운데 때로 과잉 속의 허기를
예전보다 더 강하게, 혹은 공허하게 느끼곤 한다.

한 잔의 따뜻한 커피를 감싸 안은 손바닥과
마음속에도 행복의 그림자는 존재하는데 말이다.

17화

♥

변화

2003. 11. 23.

그때 너는

이삼일 간 아이를 보지 못하다가
만나면 아이에게는 언제나 현저한 변화가 있다.
삼사 년 전 처음으로 아이를 떼어놓고
여행을 다녀왔을 때 당시 네 살이었던 지우는
멀찍이서 수줍은 듯 나를 보며 말했다.

"엄마아~ 얼마나 보고 싶었는데…."

지난 달 며칠 지방을 다녀오니 지우는
몸을 가만히 두지 못하고 끊임없이 흔들어댄다.

장나라나 이효리의 노래를 흥얼거리며 춤을 춘다.

오오, 이효리의 '10 minites'를 얼마나
요염하게 추어대는지….

특히 춤을 시작하기 전 눈을
섹시하게 내리깔고 포즈를 잡는 폼은 어떠한지….
엉덩이를 흔들고 머리를 휘저으며
아이는 이효리를 완벽하게 재현하고 있었다.

일전에 짧은 여행을 하고 오니
아이의 학습능력이 일취월장해 있다.

받아쓰기를 처음으로 시켜본다.
'축하해'를 받아쓰게 한다.
당연히 '추카해'라고 쓰리라 예상하면서
그런데 아이는 제대로 쓰고 있다.

이번에 '공부를 하고 있어요'를 쓰게 한다.
당연히 '있어요'라고 쓰리라 생각하면서.
그런데 이번에도 제대로 쓰는 것이 아닌가.

어어…. 다시 놀라자 지우는
시옷 받침 하나를 가리면서 말한다.

엄마,
요렇게 쓸 줄 알았지?

짝 짝 짝

아이는 매순간 자라고, 또 놀랍게 변화한다.
내가 없는 사이 시를 하나 또 썼다.

아기

어, 아기가 울고 있네요
아앙아앙
젖병을 주니까 조요하네
아기가 밖에 나왔어요
사람들이 말아네요
어머나, 기여워라

아이가 갓 태어나 종일 잠자다가
이따금씩 눈을 뜨면 쌍꺼풀이 무지개처럼 떠올랐다.
입을 오므렸다 크게 벌려 하품을 하거나
세상에서 가장 슬픈 표정으로 훌쩍이며 배냇짓하다가
다시 잠이 들고는 하던 아이가 내년이면 초등학생이 된다.

어느새!

아이에게 규칙적인 습관을 만들어주기 위해
나는 무던히 애쓰지만
아이는 미꾸라지처럼 요리조리 빠져 나간다.
아이와 엄마의 관계에 회의를 느끼며
아이가 성장하면서 갈등을 빚는 일이 무수할 것이라는 예감에
마음이 무거워진다.
그러다가 시간이 지나면 괜찮겠지… 위로하노라면
어느 새 아이는 스스로 숙제를 다 해놓고 일기를 쓰고
책가방까지 챙겨 놓는다.

강과 아이는 물길 트는 대로 흐른다.

18화

♥

표절과 자존심

2004. 6. 3.

그때 너는

초등학생이 된 지우와 동갑내기 친구 다영이의 블로그를
함께 만들어 주었다. 이후 지우는 처음으로 웹상에서
'커뮤니케이션'이라는 통로를 이해하게 되었다

블로그를 다루는 지우의 솜씨가 예사롭지 않다.
자신의 사진을 편집해서 올렸다. 말풍선까지 넣고.
사진은 작년, 꼭두각시 춤을 추던 모습이다.
기계치인 나는 신기해서 아이에게 묻는다.

지우와 다영이는 서로 이웃으로 등록하고 자주 왕래를 하곤
하는데 어느 날 다영이의 블로그에 지우개로 그린 그림과
함께 하나의 글이 올라왔다.

그 이후 지우는 자신의 블로그에 다음과 같은 글을 썼다.

오늘을 무척 심심한
날이다

친구가 없으면 쓸쓸해
그렇지만 홈페이지에 오면 천국!

아이에게 어떻게 설명해주어야 하나….
소재, 주제의 유사성과 '천국'이라는 단어가 문제였다.

'독창성'에 대해 무어라 말해주어야 하나,
'표절'이라는 것을 어떻게 이해시켜주어야 하나.
글은 '창조적'이어야 한다는 것을 어떻게 인식시킬 것인가.

아이가 학교에 간 이후에 내가 지우의 블로그에 들어가
살짝 단어를 수정했다.

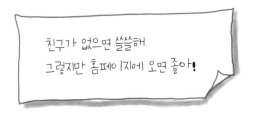

친구가 없으면 쓸쓸해
그렇지만 홈페이지에 오면 좋아!

오후에 피로가 쏟아져 잠시 침대에 누워 있는데
아이의 울음소리가 들려왔다. 무슨 일일까.
좀처럼 그치지 않는 울음소리를 따라 들어가 보니
지우가 슬피 울고 있었다. 내가 고친 글이 문제였다.

어엉. 엉.
왜 내 글에 손댔어!
어엉.

좀처럼 그치지 않는 지우의 울음

어, 어. 미안해.
다시 원래대로
고치면 돼.

끄~응

근데 다른 말로 고치자.
어떻게 하면 좋을까?

어엉~ 엉~

나는 얼른 '좋아'라는 단어를 지웠지만 그래도
닭똥 같은 눈물을 연신 쏟아내며 그치지 않는 아이의 울음.
그런 '데 이어지는 아이의 말은 내 눈을 동그랗게 한다.

효오…. 격렬한 울음 속에서 간신히 터져 나오는 어구

어엉, 어엉, 엉…. 내…세…상…어엉!

그래서 결국 이렇게 모든 것은 교통정리 되었다.

친구가 없으면 쓸쓸해
그렇지만 홈페이지에 오면 내 세상!

어느 날 길에서 다툰 듯한 엄마와 아이를 스쳐 지나갔다.
화난 엄마는 앞서 가고 있었고
불만에 가득 찬 아이는 뒤따라가며 잔뜩 찌푸린 얼굴로 말했다.

'나도 마음이 있단 말이야!'

어딘가 익숙하고 데자뷰처럼 오버랩되는 아이의 말.
아이들은 자신의 마음을 존중해달라고 호소한다.
지우도 종종 말했다. 나도 마음이 있단 말야.
아무렇지 않게 판단한 어른의 생각이
아이의 마음에 상처를 줄 수 있다.
우리집 반려견 모모도 자신의 마음을 살펴달라고 짖는다.

그렇다.
모든 생명체의 마음은 소중하다.

19화

♥

엄마와 딸

2004. 7. 14.

그때 너는

휴가 기간 내내 집에 있었으니 오늘은 밖을
좀 쏘다녀야겠다고 생각하고 오후에 집을 나섰다.
친구와 차를 마시는데 걸려온 지우의 전화.

엄마아~
오늘 수업 몇 타임이야?

으응….
세 타임

오늘 일이 없는데…. 나는 어정쩡한 목소리로 거짓말을 한다.

잠시 후 다시 울리는 지우 전화

우리집 벽에 걸린 화이트보드에는 수업 일정이 적혀 있다.

집에 들어오니 아이는 엄마에게 편지를 썼다.

애정이 서리서리 담긴 편지의 곳곳엔 꽃그림과 ^.^ 표시와

물음표, 느낌표 등 문장부호가 들어 있다.

새로운 변화다.

사랑하는 엄마에게

엄마 안녕하세요? 저 지우에요.

엄마 제가 어제 엄마 힘들게 해서 정말 죄송해요.

이젠 엄마 말 잘 듣는 지우가 될게요.

그리고 엄마 정말 사랑해요.

엄마가 저에게 책 읽는 모습이 정말 좋다고 하셨죠.

그러니까 책 많이 읽는 지우가 될게요.

그리고 저 낳아주셔서 정말 감사해요.

알러뷰~

그리고 엄마 저에게도 편지 써주세요 ^.^
전 엄마에게 내가 엄마를 사랑하는 마음을 전하고 싶어요.
엄마에게 편지를 쓸 때 내 마음이 꽃처럼 변해요(꽃그림)
저는 엄마가 이 세상에서 제일 좋아요.
저는 엄마가 기쁘면 저도 기쁘고 엄마가 슬프면 저도 슬퍼요!
엄마도 그러세요. 엄마 힘이 들 때면 이 편지를 보세요. 그러면
덜 힘들 거예요. 저는 엄마가 이 편지를 잘 간직하고
어딜 갈 때 이 편지를 갖고 다니면 좋겠어요.

얼핏 보아 절절한 사랑을 표현한 이 편지에서
다른 한편으로 은근한 협박을 나는 감지하고 있다.

세상에서 지우를 가장 사랑해야 한다는 것과,
저보다 긴 편지를 엄마가 써야 한다는 것과,
편지를 늘 핸드백 속에 넣고 다녀야 한다는 것과……

지우가 두세 살이었을 무렵 과제처럼 유서를 써야 했던 계기가 있었다.

딸에게

생은 때로 고통스럽고 이따금 이해할 수 없는 불가해의 모습으로
가득 차 있었다. 그럼에도 불구하고 인생이란 살아낼만했고, 이 생의
자연과 인간은 얼마나 아름다운 것이었던가.

후회 없는 삶이란 존재하지 않을 테지만 과거로부터 이 순간의 시
간을 넘어오기까지의 나는 '병든 수캐마냥 할딱거렸다*'는 시인의
자화상처럼 삶에 대한 '치열함'을 늘 껴안고 살아왔음을 마지막 고해
성사처럼 스스로에게 되뇐다.

나의 기와 혈을 받고 태어난 지우야!
내 너의 형제를 남기지 않았음을 가슴 아프게 생각한다.
하지만 세상에 한 존재를 탄생시킨다는 것은
그다지 만만한 일이 아니란다.
그 한 존재는 삶의 모든 신산을 행복과 함께
고스란히 만나며 살아야 하지.

● 서정주, 〈자화상〉

결국 우리는 모두 혼자란다.

그 혼자만의 삶을 네가 감당하고 즐기며 살아가기를 나는 바란다.

반드시 네가 좋아하는 일을 찾아서 해야 할 것이며, 모든 판단의 근거를 너의 내부에서 이끌어 내는 주체적인 인간이 되어다오. 그리고 자신을 사회 속에 던져 그 속에서 희열과 보람을 얻는 사람이 되어다오. 네 속을 그대로 내놓을 수 있는 친구를 꼭 한둘 만나야 하며 그러기 위해 너는 먼저 사랑하고 주는 사람이 되어라.

또한 모든 의문과 회의는 경험과 책과 시간 속에서 찾아내고 밝힐 줄 아는 지혜로운 인간이 되어다오. 고통의 이면엔 늘 생의 아름다움이 공존함을 이해하고 깨달아가기를 바란다. 나약함은 이 생의 아름다움을 지킬 수 없으니 너는 강하고 당당한 아이가 되어라.

반려자에게 쓴 유서에서 지우에 관한 언급을 보니 웃음이 터져 나온다.
그러나 이십여 년이 지난 지금도 그 생각에는 변함이 없다.

여보,

지우가 결혼할 때 예물을 간소화하고 현금으로 통장에 넣어주기를 부탁해.

그리고 그 통장을 건네주면서,

그것을 자신만을 위해 사용할 것을 꼭 당부해 주오.

epilogue

달이 먹고 싶었고
아가달과 놀고 싶었던
그때 너는……。

이제 성인이 되었다.
사회는 한치의 어리광도 받아주지 않고
지우는 더 이상 공주로 살아갈 수 없는
냉혹한 현실을 마주하고 있다.

엄마와 딸.

세상에서 가장 가깝고도 먼 두 사람.

서로 치열하게 사랑하고 격렬하게 싸우는

이 원색적인 관계. 세상에 '우아한 모녀'란

존재하지 않는다.

한때 나는 고함은 말할 것도 없고 치고받는

육탄전까지 불사하기도 했다.

그러나 엄마와 딸 사이에도 고즈넉이 흐르는

강처럼 일정한 거리가 필요하다.

딸의 생에 깊이 관여하지 않으려는 노력 속에

우리는 적절한 지점에서 많은 것을 함께 하고

있다.

삶은 기쁨과 슬픔이 교차하고 기다림과 무료함이 드리워진
긴 여백과 같다는 것을 알아차린 아이.
때로 그 여백은 불운과 고통으로 점철되기도 한다.
그러나 지우는 그 여백 사이사이에 수를 놓듯 일상을 반짝이게
하는 법을 스스로 터득해나가고 있다.

2019년 봄, 딸과 함께 이탈리아 여행을 했다.

여행 계획과 숙소 예약, 근교 도시 이동을 위한 기차표, 버스표 예매, 타는 장소와 시간 확인 등 모든 세세한 일정을 딸이 설계했다. 딸의 핸드폰 구글맵을 지팡이 삼아 딸이 이끄는 대로 따라 걸었다. 철저하게 딸에게 얹혀간 여행이었다.

재우고 입히고 먹이며 키운 딸이
이제는 엄마를 돌보고 이끈다.

생의 즐거움을 안고
우리는 걷고 또 걷는다.

때로 삶의 고통을 마주하며
우리는 걷고 또 걷는다.

가장 가깝거나 가장 먼 사이, 엄마와 딸

그때 너는

초판 1쇄 발행 2021년 4월 28일

지은이 | 박명주
펴낸이 | 박유상
펴낸곳 | (주)빈빈책방
편 집 | 배혜진
디자인 | 기민주·유경수

등 록 | 제406-251002017000115호
주 소 | 경기도 파주시 회동길 325-12, 3층
전 화 | 031-955-9773
팩 스 | 031-955-9774
이메일 | binbinbooks@daum.net
페이스북 /binbinbooks
네이버블로그 /binbinbooks
인스타그램 @binbinbooks

ISBN 979-11-90105-19-4 03810